Mariana Basílio

PANGEIA

A etimologia do ser

ASSÍRIO & ALVIM

Título: PANGEIA: A ETIMOLOGIA DO SER

1ª. Edição, 2024

Supervisão de arte: Carlos Renato
Retrato fotográfico da autora: © Ale Ruaro (sem título, 2023)
Imagem da capa: Sem título, © Arthur Dove (1940-1946)

Dados Internacionais de Catalogação na Publicação (CIP)
(Câmara Brasileira do Livro, SP, Brasil)

Basílio, Mariana
Pangeia: a etimologia do ser / Mariana Basílio.
1. ed. - São Paulo: Autores e ideias: Assírio & Alvim, 2024.
ISBN 978-65-84832-20-6

1. Poesia brasileira I. Título.

24-191306 CDD-B869.1

Índices para catálogo sistemático:
1. Poesia: Literatura brasileira B869.1
Aline Graziele Benitez - Bibliotecária - CRB-1/3129

ASSÍRIO & ALVIM é um selo editorial publicado no Brasil pela Autores e Ideias Editora Ltda. sob licença da Porto Editora S.A.

Contato: assirioealvimbrasil@gmail.com
@assiriobr
www.assirio.com.br

PANGEIA:

A etimologia do ser

Prêmio Biblioteca Digital

Para quem me deu à luz: continente, Regina.

∞

In memoriam

Emilia Tieppo (1920 – 2003)

Robson Rocha de Oliveira (1978 – 2023)

O fascinante surgir da consciência geológica da vida

Prisca Agustoni

De acordo com a teoria da deriva continental, Pangeia era o único continente (Pan) que deu origem, 200 milhões de anos atrás, e muito lentamente, à conformação atual da terra. O livro da poeta Mariana Basílio, *Pangeia: a etimologia do ser*, parte dessa premissa, explícita desde o título, para traçar aquilo que ela define como sendo uma "etimologia do ser", isto é, o estudo da origem do ser. Uma proposta ambiciosa, pela amplitude e abrangência inerentes à empreitada, e extremamente cativante, pois tudo o que remonta à origem e nos obriga a um lento retroceder e a um pacto de confiança numa versão muitas vezes plural dos fatos históricos, tão afastados da nossa possibilidade pragmática de comprovação, parece-me crucial para embaralhar os passos futuros (só assim a arte pode nascer, de novo e de novo, da fresta do indefinido, do incerto, do torto, etc.).

É justamente esse constante movimento de observação plural e não linear – por um lado, temos a formação imanente, material da vida, e por outro lado, a evolução transcendente e simbólica dela mesma – que me parece o elemento mais cativante e inovador nessa poética que aqui se apresenta, concomitante com uma leitura estratificada em termos temporais, capaz de juntar um passado remoto a um futuro apenas vislumbrado. Não se trata de uma operação simples, a de juntar e pôr em diálogo elementos tão díspares, do macro ao micro, e fazer com que essa junção soe natural. E a poeta foi extremamente hábil nessa costura de mundos e temporalidades, revelando um domínio invejável das fontes histórico-literárias e do artesanato essencial de um poeta.

De fato, Mariana Basílio, poeta que já manifestou em seus precedentes livros um caminho de investigação de amplo fôlego dos fenômenos da existência humana, se lança aqui numa reconstrução poética da origem de um mundo que acompanha simultaneamente o fascinante surgir da consciência geológica da vida e, também, da manifestação da linguagem e da poesia como sendo a faculdade mais arcaica e instintiva da nossa espécie.

A poeta retoma a reflexão sobre a palavra como essa capacidade fundante da nossa espécie através da qual tentamos – desde sempre – definir, desenhar, captar o mistério da existência, e circunscrevê-lo a uma narrativa que faça sentido para nossa caminhada, como lemos nesses versos:

"e se existe mesmo algo inatingível
foi no corpo documentada a tentativa."

Não por acaso, essa origem poética do mundo de Mariana começa com a voz feminina, geradora de vida. Afinal, como expressa em outro verso do livro, "os cacos da vida deverão ser colados". Sob esse aspecto, a poeta apresenta-nos uma Pangeia composta por muitas vozes, ou muitos cacos unidos a formarem essa unidade que é o corpo-texto.

A narrativa que aqui se narra em versos para o leitor apresenta, pois, uma visão cosmogônica particular e brasileira da origem do ser: particular, porque é claramente a autora quem seleciona as referências intertextuais e os dados que deseja juntar, como uma colcha de retalhos, inclusive abrindo mão de apenas utilizar elementos autobiográficos; e brasileira, porque nessa colcha complexa de informações sobre a evolução antropológica e religiosa das civilizações, os Orixás e o Candomblé, por exemplo, aparecem ao lado de divindades antigas, trazendo o ponto de observação da poeta para perto do seu contexto espaço-temporal.

Por outro lado, vários trechos ensaísticos (de Rousseau a Freud e Saussure) são inseridos nessa "narrativa poética" como partes orgânicas desse todo-em-movimento que é o texto em construção: o ritmo avança alternando cortes abruptos e estrofes mais narrativas ou explicativas, no meio das quais de repente aparecem cintilações ou epifanias como "A origem da fala é a captura da escuridão", ou "A linguagem do fogo é a palma das mãos". Esses versos soltos e que parecem portadores de uma sabedoria originária, provocam uma pausa interessante no fluxo narrativo do livro, lançando-o para uma dimensão quase mítica.

Por fim, chama a atenção o trabalho atento e minucioso da poeta para conter a tentação descritiva e, mais em geral, podar a linguagem poética, matéria fundamental do seu "ser". Com isso, a linguagem de Mariana Basílio resulta contida e tencionada, jamais prolixa – apesar de lidar com uma temática e um projeto que facilmente poderia levá-la a uma perda de vigor alusivo. Nesse sentido, e por tudo o que foi dito até aqui e, mais ainda, pelo que não foi mencionado e que será feliz descoberta do leitor, pois o livro apresenta muitas camadas de leitura e reserva muitas descobertas, saúdo com alegria e sororidade essa belíssima viagem à procura da sua/nossa origem do ser, nossa Pangeia ancestral e futura.

PANGEIA:

a etimologia do ser

ORIGENS

"Dentadura perfeita, ouve-me bem:
não chegarás a lugar algum."

Angélica Freitas

"Alguma máquina nos criou; a máquina do
mundo, a constritiva família.
Então, de volta ao mundo, polidos por
suaves chicotes.
Sonhamos; não lembramos."

Louise Glück

"Trago nas digitais a história do mundo
e elas não duram mais do que um dia."

Ronaldo Bressane

"Agora, a música das ruas encantava
Quem passou semanas no deserto."

W.H. Auden

a gênese pitoresca é um chororô

incorporada em mário de andrade

— então, heroína!
— então o quê!
— você não segue?
— segue o quê!
— vamos brincar de nascer.
— ai! que carniça!

— meu filho, cresce de pressa, para ir à
macunaíma ver o que nem se acredita.
— é... cunhé!
— ai! que petulância... uma bolsa d'água.
— jejuaram o tempo.
— saravá! pajé...
— bom dia, minha avó.
— pois vamos nos alimentar?
— dá o pé, tucano!

as cavernas, de repente,
preencheram-se de figuras.

origens serão jornadas

(M.B.)

Origens

o som de um primeiro sopro.
a vogal na voz é a luz veloz,
pula do forro à face da ideia:
é preciso voar para si mesmo.

na língua suada dos sentidos,
moldar da boca os seus bicos.
antes de você nascer te darão
sardas no amor, cabos de maçã.

mesmo quando queira escapar,
ondas circuncêntricas te cuidarão.

*

coloquei um espelho sobre o futuro:
não prevejo.

*

o que chamavam de jardim:
era uma vez a mata, era o fruto.
o peito chiando à lua cavernal:
era uma vez o canto, e a ressaca.

você já restava, anterior à eva,
já escorria em adão, antes de
chegar e me encontrar por aqui
você foi húmus e largas sementes,
você foi ovos e minhocas terrosas,
pirilampos caídos, unida às pedras
estrangulava o medo com os rios:
humanos, esses tais bichos turvos,
conspirariam em qualquer incêndio.

sua casa antes oca, foi quase chão.
casa, casca, cava, como um corpo
curvado no cochilo, milênios depois
todos os bebês confessam e cozinham
sobre os continentes que se espalham

américas, áfrica, europa,
ásia, antártida, oceania.

antes de qualquer outra inventaria:
os primeiros roncos, quase rotineiros,
distribuem pelos sons estes novelos.

quando os continentes se formariam
à deriva sentimental, quando um tal
geólogo, alfred wegener, nos dizia:
"as massas continentais têm mais
leveza que o fundo dos mares"

na ação da força centrífuga a terra
girou girou na ginga de si mesma e na
pangeia, balsa primitiva, se elevou às
frações do que chamariam de países.

seremos testemunhas.

*

um berço foi antes tronco, antes toca.
ainda que tufões pudessem te vestir,
soubemos despir os elos e os sinais;
vinte dedos são ideais; *o que será?*

ser alaúde. baú, boca, bolor. um boto
te aclara os segundos? as feitiçarias.
você, a túnica-única de nascimento:
os últimos serão sempre os primeiros.

o sangue foi antes a água, antes o óleo.
seu sangue. suor, sumo, seios ao corpo.
você se aguenta em profecias e ciências?
no fundo díspar uma figura é montada –
na paisagem são peças unidas e naturais.

*

o bom é saber montar essas máquinas
na maquinaria do mundo, a medula
espinhosa do movimento de pinça –
arco & flecha; martelo; faca; canhão –
mosaicos humanos de uvas & vinhos.

toque-toque, em povos e cantos gerais.
tic, gritos proféticos... *toc*, queixos retos.
vamos às respostas das penúrias? cresça.

só há salvação depois de muito se perder.

dante alighieri respinga em pixinguinha,
dna são covinhas, o sorriso de monalisa;
dá um frio na barriga quando bocejo.

○

adormecem as gerações por cima de mim.

*

humanos serão o que não se mede.

desde quando te povoam

brasil é pau é tenda é semente
é resto de toco é escopo sozinho
é foguinho é estátua é cadência
é estandarte da arte; confluentes

em vera cruz a terra quase o ressente,
mas faíscas, contorcionistas, dentistas,
equilibristas, araras, vacinas e vigias
no seu coração, vazante, por rasantes
formarão as borbulhas das pracinhas –
antes de o velarem nas placas tectônicas
cavam os seus fungos, depois, binóculos.

no meu coração, brasil, coração-arpante.

vegetais, desovas, motos, *plém plém*,
biólogos, romancistas, prostitutas,
além de plantações e princípios, *viu*
há um rosto no arco de 150 línguas
com 27 margens, antes de portugal

com as populações indo-europeias
lamberem as suas curvas miseráveis,
para que teimassem sobre salmos,
sovas e fios: *pelo mar você não foge.*

*

lugar de indígena é um cabo lançado.
lugar de povoação é dardo no clarão.

sobre as casas exploradas piam no pão,
na tinta dos pratos, pelo anzol polido.
as viagens terminariam banhando os
corpos, engolirão as fagulhas do forno –
como a cloaca da galinha nos assando,
enquanto recontamos essa descoberta
um país marinando já vai pro *beleléu*:
para eiffel essa história reinventada.

tupiniquins, de biquinis e brotoejas,
com talheres da aldeia de portachula,
crânio por crânio encantavam sob
as compulsões do país de 3º mundo

uga uga nunca existiu este *uga uga*
que nos assavam canibais e saguis,
onde a amazônia queimava, seriada.

brasil: o abismo não o divide.
o abismo o circunda; extingue.

è compiuto. è concluso. è terminato

esfregue com sal seus cinco sentidos.

até que a escadaria se esconda, seja
palácio, oficina, balcão e gruta, abra
fervuras nas costas do universo: tortos
os vetores das estrelas são garçonetes
avançando aos barracos lisos de verão.

por algas-algarismos no teu bico-boca
esfregue suas mãos, até os mesmos pés:
canoas adornarão esta cultura desunida,
prensada no tremelique e na sua feiura.

são fados vindos de fogões e camburões,
para que você compreenda o passado.
eles é que fundam o que é madrugada.

é a língua portuguesa, delicada e vã,
é a barca pangeia, rumo ao amanhã.

joelhos, cavalos, desejos e desígnios
quando você desce às ruas: logo eu vi.
mas quando é que te revejo, percevejo?

foi assim que as origens nos couberam.
(por onde mais renasceríamos palavras?)

para formar o seu possível sorriso

1

dentes humanos usados como joias.
há 8500 anos eles os penduravam.
não foi por acaso a jugular exposta,
as letras incontestáveis de um javali.

os pulsos fundidos nas cavernas,
as canelas caçoavam dos couros,
os espectros de cores e adornos
cavavam os casulos dos mortos.

a coreografia deles é a mesma.
afundam nas rotinas e nos rodapés,
nas lendas e lenhas dos pontapés,
notam a palavra inesperada, em você.

2

foi no mar da galileia, lago sem ondas
na cozinha da avó palestina, sem colher,
transbordavam com as fagulhas de israel,
fuzis e braços do futuro mutilado: longe,
pois uma faixa de gaza conduzirá ao léu.

a consciência cantarola no impulso da pele.
a memória emoldura enigmas no espelho:
o verbo amar é um vulto que te esculpe.

bárbaro como alguém participe da dor.

o

para formar um possível sorriso, você nasceu.

conselhos para quando você escapar

a brevidade seria a placa de barro.
a brevidade seria um olhar impeditivo.

a brevidade seria a lágrima grosseira.
a brevidade seria um casulo de privilégios.

a brevidade seria o bico aberto e ferido.
a brevidade seria uma mimologia sem som.

a brevidade seria a canção de ninar na tez.
a brevidade seria um castelo esvaziado.

a brevidade seria o copo de água bulindo.
a brevidade seria uma face em farrapos.

para formar um possível sorriso, todo seu.

impasses no primeiro fogo aceso

1

cultive o oxigênio nos gestos imediatos.

milênios e milênios antes de que você
me olhasse, ansioso por nos arrastar ao
cultivo do oxigênio e gestos mediados.

antes que você se acontecesse, como eu,
prometeu prometia partilhar as plumas:
todas as samambaias e os desabamentos,
todos os sambas e os despejos; sacolejos.

2

você escutará, sem hesitar, preparam o
seu corpo pelado, que *nada naada naaada*
e segura na lança da vida, tão pequenina:
no útero da mãe você veste a cor anil,
pois entre o violeta e o azul saberá as
lições das conchas sobre as duas mãos.

para formar um possível sorriso, todo seu.

3

o livro luminoso da vida

convivemos no chão, bordados dos lados.
convivemos no ar, polidos por pirâmides.
alvos amassados sob os lençóis, como se.

são gerações entre nós: ilhas movediças.
são os vasos, as nectarinas e os búzios,
são as serpentes de mães das mães.

o

enquanto você cruzava os seus dedos
sobre os meus dedos enquanto você
cruzava as nossas histórias nos seus
dedos os seus dentes riam dos meus.

4

à barca, à barca, olá!

convivendo como cães, borbulhas mornas,
pais em pais, feito dois cajás só de ossos,
filhos-cânions em corais e jogos de azar:
engatinhamos em pântanos. *carpe diem?*

são gerações entre nós: *vai ali muitieramá.*

gostamos de veículos e mais condimentos,
sem parar, sem pensar, trepadas sobre as
antigas festas antropofágicas, nas frestas e
nas costuras glitters e falácias formam os
meninos e as meninas, essas mitologias,
quase indevidos são pedaços de xícaras
para chorar sobre o impossível, até hoje.

penélope, por exemplo, antes conduzia
deuses rapidamente, com o leme corria
ao mar sozinha, mergulhava as mangas,
saltava e ria, nunca imaginaria formar o

feminismo de costureiras, verões depois
pretendentes são só perpendiculares sem
botões são umas espumas de carnaval e até
molham uns drogadinhos da cracolândia –
não por aqui, no livro cravado pelo amor.

carpe diem! o adágio continua popular:
cria corvos e eles te comerão os olhos.

a raridade de dizer descoberta

"alguma coisa em lentidão
busca o sensível

inalcançável."

Nina Rizzi

abracadabra! abram e arpem as alas.

as casas, as favelas, as rias e as ancas.
quase vinte mil léguas de formiguinhas
descobriam os dinossauros, foi pouco,
vazados dos gestos em que os macacos
jazem quando brincam com avencas.

cabras! cabrum, cabrum, cabrum.

descobrir as origens do seu mundo
de uma única vez: isto é um jogo
muito perigoso, requer de você
habilidade e hálito quase quentes,
requer a travessia por este papel.

momentos recontados, *por aqui*.
em trajes distorcidos, *para ali*.
em teatros inabitados, *acolá*.
em paixões memoriais, *enfim*,
não é um sim o não é só assim

requer a formação em faz-de-conta
com momentos sentidos e cindidos,
balbucios e delírios às novas gerações:
por favor, colar os cacos junto de mim.

✶

para o instante, precisão é uma estripulia.

colcha de cadeiras, grunhidos, degraus,
quando nos grãos de café você se despe
coando para lembrar mapas geográficos,
pois a mente avista sentidos, de bruços.

não se arrepender é mais por tentar
adivinhar o porquê de você nunca
entender de imediato a própria vida:
abraços desesperados aguam pelos
fios sentidos, solte-os com gosto.

○

logo você acorda e nasce novamente.

*

a curva dos limites são fronteiras.

você cresceu no eu infância.
você cresce pelo eu velhice.
você crescerá do eu leitora.

não sabendo dos consulados e
de terminais sobre mais rostos –
feiras e fotos –, antes que o teto
dissolva-nos às políticas e pavões,
como a revelação é algo... grave.

a devoção da língua: saliva.
o mundo é um moinho.
o mundo é uma pérola.
cartola e elizabeth bishop
cozem comigo e com você.

adiós à memória de muros frios:
se existe mesmo algo inatingível

foi no corpo documentada a tentativa.

*

além é o abismo. aquém é o vulto.

mares são linha-por-linha incertezas
na invenção de qualquer escombro.

entre os edifícios as pombas soltam
gotas de cocô: não seja boboca! olha
como apostas de loteria e vai por mim
um ultrassom de ondas ultrassônicas
até que são procissões: *abra* as cartas,
abra as grávidas para que recaiam e
balbuciem pelos prédios, e dos cometas
reergam o céu das nossas festividades.

○

o rosto, a pessoa e o lugar favoritos
trotam pelos órgãos que se afastam.

o que restará é como uma absolvição?

para formar um terrível sorriso
note o sono das abelhas também.

o receio é de apenas ser imemorial.

sobre a palavra leio o signo *mel.*
(nas escolas romanas os estudantes
usavam apenas as tábuas de cera).

os modos de velar por certa paz

"nenhuma explosão toca o corpo
o que toca é o que é explodido."
bruna mitrano

nos tentáculos das entranhas do planeta
você dança descalço com seus mortos.

pelas estrangeiras e acidentais gotículas,
deslocados sobre seus pelos, do avesso,
descolados sobre os corpos transeuntes
dão no pé, de algum canto são os réus.

agora é vigiar, salvar, mas *não menina*,
ainda há sentidos ao se passar a camisa:
gases, estrelas-do-mar, certos fósseis,
finos milênios afins, em mim quentes.

a cada passada ameaçam o presente,
eles dão fé pelo mago meio-ambiente
aos bilhões de metáforas, você *se vira*.

só você. quem eu repenso, sem querer.

*

a lâmina da fome, os farelos de cuscuz.
quando fabricarão mais desses bebês?

ensinam futuro no que é uma merenda
a você, devolvida à serra da capivara.
números e nomes, névoas e predileções;
escorra nos ninhos, as flores brancas –
azulões, azucrinando seivas e sinais –,
enterros de tenras-idades exalavam.

como alguém pensar *eu te amo*
antes de ilustrar o signo *namoro*
nas roupagens ondulavam o vento
inventam juras de amor por desenhos:
riscados-caracóis sobre os troncos,
antes de semearem o que é o silêncio.

cada um de nós é um abandonado,
por isso aprendemos as saudações.

○

mas o que rasgar na união das sílabas,
essas mesas com toalhas manchadas?
os parentes fraudulentos, as parlendas,
na queda de jarros, joias e jargões.

escuto "*iara eu te amo muito*, mas"
costumo evitar as festas e os aplausos
lavando o nariz logo cedo, levito na
colisão como o trapo que se preenche
sobre as tatuagens, como uma tartaruga
para formar outro olhar dá de ombros.

*

para quando é que você me diria que
mais se cansa do seu rosto? os papéis
molhados garantem a posse da chuva.

logo saberá nos noticiários que somos
distantes do futuro, inimigos infindos,
sedentos em *takes* sobre falas retocadas,
mas íntimas de uma planície até tímida.

✶

saia para a rua.

cobre uma estrela com o dedo
indicador direito, *por gentileza?*

*

as cidades, os países e os seus bairros.
as dezenas de endereços em que você
já passou ou te procurarão neles – no
dia em que não mais existirá, *sabichão*.

oásis é a expressão de acasalamentos:
botes com refugiados, caminhões com
retirantes, taças de amantes no motel,
placas feitas de medo, ou de coragem.

para formar um possível sorriso você
os ignora, só mais um pouquinho, para
sobreviver ao ovário oriundo da solidão.

o que é impuro, profano e imundo?

1

a mentira mais lavada.
a escarpa mais escarrada.
o crime mais impossível?
eu te quero, e eu te mato
com a mesma vontade.

o tropeço da saliva que pula
nas guerras não registradas:
escutem, boçais, nos salvem
dos livros mofados da história
capazes de só engolir mulheres e
crianças, livros não medidos se
você topa este tropeço comigo se
você banha os insetos e as flores.

busque a respiração na ida à padaria,
com cacetinhos de sacos amassados,
carregue bules com leites estragados.

nós somos os pães assados por orvalhos:
há quatro mil anos, antes do que sem
nado é feito o seu primeiro aniversário.

foi muito antes que eu pudesse te ver,
antes de que tudo me escapasse, você.
antes que os bisontes bebericassem balindo,
proféticos sobre a extinção das espécies.

partiam às conduções inimagináveis,
arrastados de vez por incertos dodôs,
ouviam cantigas de caça dos trovadores,
ainda os feitiços de inana, em enheduana.

nas casas calam-se à ferrugem do sono,
seus nomes se repetem nas ressonâncias,
até hoje o que é desfeito permanece feito.

○

será advinda do espaço essa sua vida?

2

demasiado tempo depois vieram as noções,
as transmutações de juízes e de jalecos.
praças e celas ao relento são respirações
estão na mesma distância da fuga de nós.

delicadas, mesmo com um submundo de
mil desculpas, dos seus inocentes careados
sopramos pelos cadáveres, com ganchos.

lancem bilhetes, para longe das nuvens.

○

ouça o tapete que despenca nos dentes:
aladim de perlimpimpim segue sedento,
de repente cuida de nós na lâmpada acesa.

heróis e heroínas estão reunidos no casaco.

ama o seu sonho, ama o seu sono, o corpo é
oportuno ao conto de fadas: na companhia

do que imaginam sobre você, então salve
os dias dizendo só aquilo que te importa
e *voa voa* pelos continentes, você *voa*
à toa um secreto privilégio *ronca ronca*
você precisa perdoar as vítimas e os
vilões igualmente: a sua voz perde-se.
mas não para ignorar a queda, essa fúria,
os gomos dos segundos desmanchados.

"você o atingiu e o transformou em um lobo;
agora os meninos de rebanho o expulsam,
seus próprios cães preocupam seus flancos.

fonemas sobre os versículos

1

a seiva é obscura e ronda o corte.
o dinheiro cheira ao diabo, forte.
nas colunas do templo de salomão
escutam o que é para eles salvação.

porque nos outros o ego se mascara,
mas a mim não chispam: a bíblia é
lida, pois os dias eram quase fardos –
eram os cortes à terra que secava,
espreguiçados nos travesseiros e tevês.

2

antes que eu frequentasse a catedral,
na igreja católica, de terços nas mãos,
gargalharia com jesus relembrando
todos os calcanhares e as pulgas
com a esperança de duras estrelas
brilham *vapt vupt* brilham, brilham

são mais humanas no altar dos santos
pintadinhos, aos lodos de benzedeiras,
metendo nos meus bolsos conhecidos,
antes de fugir dos padres e dos políticos
rezei aos inocentes comendo enlatados,
visitei o pai doente com tubos de oxigênio,
saí do serviço com as operadoras de caixa,
nós, unidas na condução *'bauru especial'*
enviando cada uma a um bairro longínquo.

comunguei no primeiro emprego como se
a pobreza de nenhuma metáfora, *ai jesus*,

ouve a sua pecadora de 16 anos, confusa na
diáspora dos periféricos, como se o paraíso
fosse apenas se eu nem tivesse existido.

○

talvez tudo fosse até que bem diferente
se o mundo tivesse recomeçado tão bem
como no final do livro a divina comédia:
"mas já movia meu desejo e minha vontade,
como uma roda que gira uniformemente,
o amor que move o sol e as outras estrelas".

*

só assim nos confundem: por entrelinhas.

*

vejo pelo outro lado da janela verões a
veraneio, dos invernos revejo o ouro em
vãos, sem coração alguém atravessava
você com a urgência da saudade.

não te soa familiar? o que permanece
abandonado atrás da porta, a história
da hora seguinte: uma escolha de cor,
o sonhador que é a sua sombra – de lá
há a imagem imperfeita do que somos.

a mandíbula póstuma: dentadura

1

você passeia ao lado das bitucas e baratas,
não sabe caminhar no centro de são paulo.
cabeças despendidas, bananas na feira.
de pé, no metrô, as estações que escapam.

elas se fecham após a primeira colheita das
catadoras de papel, com agricultoras do breu.
quando você quase se acostuma ao lado das
afortunadas figuras sem rosto: se reinventa.

elegantes travestis e transexuais passeiam,
seguem tão capazes de amar, em carne viva:
pelos bicos de mamilos e buços depilados
são a via láctea, cheia de orelhas-heroínas.

a melhor invenção: a cadeira nos conforta.

2

este é o problema de reter as delicadezas,
este é o medidor sem igual das mentiras.

quando você fecha os olhos e não pode
escapar da doçura da infância, de novo
filhos ranhentos amadurecem nos colos
são cascos e farrapos, mas estão *diferentes*.

o passado adia arabescos à caçamba *brilha*
ígneo nos engraxates irredutíveis *brilha*
na filosofia do camelô ao filar a língua:
frases de caminhoneiro, senhas e luvas
reaquecidas são alheias ao seu reinado
queer – é como essas pessoas cantavam.

mas sobre a minha cova apagarão os
restos de uma pessoa esquartejada:
o povo ungido até reagiria ao fundo,
mas nas ruas sequer nos compreendem.

das placas de barro às folhas de papel

revelam e desvelam as quinquilharias,
na brutalidade da suave despedida:
minha vó costura chinelos na cozinha.

antes barro, depois junco, logo diários.
só os humanos imaginam despedir-se.

noite após noite, a lição da vida é esta:
pela polpa da fruta podre moscas são a
história dessa resistência, pares e raízes.

nas fibras atraídas do que se termina.
ousadas as mordidas, além das bundas,
equilibram o ventre que porta a fome:
prometo que há um fim na desconfiança.

a migração é a sua boca atingindo as
palmas dos pés, quando você se estica
mastiga, castiga e dúvida que morrerá.

como as moscas, moscamos na ilusão
de uma só palavra: *encanto* é em mim.

costure mais chinelos felpudos, vovó!
sei que assim você, enfim, descansará.

*

genuíno é você esquecer do passado?

uma sem-teto muito alta me observa.
que coma o instante em que a destaco:
do lençol surgia o rosto borrado sobre o
bem e o mal, como um algodão amassado.

subitamente, me fisgou por um instante:
está sem um dos chinelos, cochicha,
porque o chão é ainda uma outra boca.

a linha é maior do que a caverna;
a reencontro há milhares de anos.

(isto é a minha eternidade.)

as marcas externas são inquilinas

"o universo é feito essencialmente
de coisa nenhuma."
antónio gedeão

as cabeleiras negras e as labaredas.
as solas dos antepassados depois
que o sofá murchou com o bolor.
os resquícios do sanduíche, *vem*
que o destino não perdoa, *vem?*

eu penso em joseph brodsky,
eu penso em quem não mais vi.
quando alguém vai embora você
tem que se despir como âncora:
afunde os sapatos, saia da cama.

o

um dilema, o primeiro jogo do bicho.
os dedos na pólvora, a guerra do irã:
que tal o iraque e suas peles animais?

mesmo quando essa carta se perde,
baltazar faz nascer bonecos pelo ar.

enquanto emolduro o que sinto em
qualquer transparência renascerá o
ar duro e sutil de poder perdoar, mas
não se dar por satisfeita ao acordar.

rachando as poeiras e as decolagens,
um bebê contém o amor de recheio.

(é falha toda comunicação, mas sábia).

o centro contra o chouriço

por cima da fumaça o cheiro
como placa atada à floresta
incinera os papéis das árvores,
na cor magenta são bochechas.

peixinhos saltam à beira-rio e
neblinam suas patas salpicadas
nos riscos de matos e capins
trazem a capivara para perto.

esparramada na água saturada
brilha no capim em um borrão
à descoberta do mundo *brilha*
nas biroscas e pela botânica,
simpática e sensual *brilha* a caça
no carinho da fome a olho nu
marrom ela *brilha* no lodo mágico.

você a imagina no pôr-do-sol.

após nove milhões de anos
ainda morrerá pré-assada:
há saúde nos zóios congelados.

pergunte onde havia humanidade.

grunhidos ancestrais

pense nos gestos das águas do planeta.
pense em imergi-los, nuvens e peixes.

pelo amanhã, aos bilhões de barcos
dançantes, desovas dos crepúsculos,
aos roncos, aos troncos e aos broncos

dó, ré, mi,

dó, ré, mi,

dó, ré, mi

à iemanjá penso nos olmos e orlas:
são as crianças e as suas garatujas,
são as vielas e marés com a caipora
você as nota e guarda a família nela,
na fotossíntese fajuta dos pescadores
com iara nos isolam, como se as ilhas
presas nas algas elevadas se esvaíssem,
formadoras da consciência de garranchos.

são gravidades as mulheres com redes.
seguras de ventres sentam-se e esperam
mais “bom dia!” para dentro, despedidas.

pense você nesses degraus, envelhecidas:
talharão tules na miragem, ayahuasca nos
riachos, elas, risonhas serrariam as proas.

vamos lá cavar a verdade dos filhos?

analfabetos e afetos a socos a pé

tête-à-tête com manuel bandeira

na esquina contavam joelhos
e não diziam *"é quase nada"*.

o bicho descia farto do muro,
agachado ele se estrebuchava
na brutalidade de um chapéu:
"logo você vai embora"
ele pensa, no primeiro dia
que dormiria na calçada.

3.960 noites depois se lembra
de uma bola que rolava no mato
quando ele não sabia sacolejar
as letras sobre os seus bichos
chuá chuá um pelé de miragem
quando trabalhava no estopim
das classes sociais, indústrias
chiu chiu chiu as máscaras de

uma grande pandemia, contra a
asfixia tropeçariam com a rua de
lua nova, juntos aos domingos.

foi de pé, agradecendo pela cola,
com a vastidão cheirou os ecos era
só a imundície e um andaime cru:
pula pula do alto ao asfalto, quando
upa upa veem o seu corpo a explodir.

ele não é bicho é só um homem.

os comboios passaram das origens

a distância é um simples momento.

penso frescores das tintas metálicas.
penso coxas que pasmam o ontem,
quando me fitam por usar as profecias.

penso *sim* é importante se encontrar *sim*
nos velotróis, meias, vinhos, ramelas e
orelhões *sim* é que eu tentava telefonar,
mas as bestas atravessavam o terreno
é vazio, como os instrumentos da leveza.

o que é um nome, o que é o nada?

*

cotovelos na coragem, *para fora*
cadeiras e casas entre flechas,
arcadas e encontros, *para dentro*
sangues e serviços entre bússolas,
cãibras e gracinhas que conduzem
destinos imóveis, entorpecidos.

como a mulher ousaria levantar-se?
o bicho, de repente, sozinha chorava.

quando alguém precisar ir embora

para emilia tieppo, também avó

engoliu a água unindo-se à lama.
debaixo de uma cama hospitalar
teve medo da carne subir ao copo,
encontrando-nos no cabelo morno.

genitália, remédios e uma escrivaninha.
enquanto vozes falam a língua italiana ela
se levanta, com a tosse seca de miragem.

por uma tela futura, eu a revi em sonho

não a levitariam pelos retratos antigos?
os seus pés congelam a música em mim:
o coração sonâmbulo comeu os astros.

(ela não sabia assinar, só usava o polegar).

no patamar das avenidas

às sombras dos seus quase vãos,
nos ciscos dos olhos cravejados,
nos morros dos ventos careados
meta os seus pés pelas mãos.

skatistas e ciganos são iguais,
saltam as feras e as selvas sujas,
ensaiam os gozos e as posições,
molhados nas ínguas dos beijos
como é meter as mãos pelos pés.

o mal-estar da civilização é você
na mecânica das celebrações em
nem tudo o que evitamos é azar:
o pum é a partilha mais vascular.

que bom que você sabe disfarçar.
me disse o ego, esqueça que eles
se vão, os sapos milagrentos, ego,

logo nademos navais enquanto o
eu nze io yo i je ich wŏ ya ez
é uma pílula estrábica e astrônoma
por trás dos meus seios delicadinhos,
eu minto como o capeta, casacos e tragos
dissecam essa poeira em *me-diz-que-sim?*

nas centenas de lugares intactos somos
quando olho-nos-olhos sereias e sinapses,
são essas recordações: basta me surfar
pela curva da paixão, quase soterrada.

com o cheiro dos paralelepípedos

os espinhos continuam a expurgar
esta cidade. vestida com estrias
pela sua avenida paulista condensam
aparentes abraços gasosos, infindos,
corpos empilhados, vestígios frágeis em
ideias e impertinências, ela ganhará
mais dos automóveis para se distrair.

espremida com espinhas e altivez às
alegrias dos trabalhadores e pedestres:
nos disparos de rastros, com a beleza
da inteligência, como o cimento é a areia.

são ondulosos os telhados que a cercam,
são malévolos os amores que a deixam,
são réplicas da chuva imóvel e as paredes
parecem dizer *toma cuidado ao acordar:*
gravitam por ela em qualquer lucidez,

mãe, é a mulher-aranha? é a angélica freitas.

nos fragmentos dos átomos que nos retêm,
as estrelas que escondem a cidade no piche

o

é o seu lar que prevê todos os lados da ideia.

a divina comédia é o antes, agora

o caboclo erguido nas causas e casas.

ela ele elu leem, eu vi por assim ver
um operário pendurado no casebre.
tijolos empilhavam seus mil braços;
pés e bocas secavam, amaldiçoados.

um silêncio de martírio o reuniu,
pendurado na árvore ele escolheu
gramaticar sinceridades à leitura
refuta, era uma tarde esquecível.

obituários são como os diários:
convivem à descrença dos deuses.

○

restava, acima de tudo, o cálculo.

pedra sobre pedra e a geometria:
toca, teto, tapera, tule, teia, traça.

restava, abaixo do chão, a distração.
a infância e falsas pegadas, pedreiros
nos fonemas e nas inconsistências:
vírgulas de uma imanência ferida.

exegese: o início das construções.

(todo sermão é um edifício ruído).

por gestações e alguns metrôs

na fase lútea, no espírito úmido,
questione a mulher e os seus filhos.

quero morrer, quero fugir, eu quero
parar as veredas de mim em você.

a condensação sobre esta cleópatra
nascerá sobre as baratas e o cortiço
que o meu bisavô octavio pensionou.

é sobre o que te cega nas esquinas
em que você sorria para escapar.

pressionando óvulos, como antes
os ombros da metrópole são túneis
tântricos, para que você não hesite
pense nas diaristas, nas sacolas de
plásticos dos vossos supermercados.

sobre cada traçado, pelas tubas nuas,
escapulários de planetários ocultos
escavam mais com os seus choros
de um instante, por um poste duro.

orelhas e canções, sem afinações,
cruzam sinais na ponte do viaduto:
decisões rompantes de um desistente –
somos a distância, somos a paisagem –
as toalhas molhadas sobre os colchões:
uma arte dos vivos, a de não se safar.

(é como nomear um renascimento?)

*

este é o tempo da mata mais escura
plainar com o peito a favor das ramagens
até que o vapor das bombas pare a
noite densa de chacais até que o ar *blue*
não seja mais tão tristonho assim.

este é o tempo que a gente se aceita.

pintura sobre um gramado de tintas

às portas da percepção as moradas
procuram verdades como no *jazz*
a canção é um museu de pactos
molhando palavras com melodias:
são os sinais de quem esperava o
início do processo de demolição.

um animal quente que se estende
à linguagem no meio do retrato
indicará o caminho de cada um.

sou ela, mariposa de balões aéreos,
inseto de riquezas com o bumbum
à procura de luz; cozidos do avesso
de você fiz o desenho mais perfeito
que se fez, pincéis com seus dentes

sonhava que neles amaria a morte

por cima *eu serei todos os dias*
por flashes da terra tremulados,
manifestados no que me escapa.

no começo do planeta te acharam
sobre os seus cabelos é que fomos
as coisas, como nós arranha-céus,
as extinções que nos sussurram,
feitas pelo diabo, e do fogo puro
nossa familiaridade é tão natural.

às colunas de acalmados edifícios,
antes que você não se despedisse
nada disso aconteceu bem assim.

trabalhei você em luz e sombra
pois entrelaçávamos os dedos em
"2" éramos um disco, uma argúcia espelhar
das cores que li *nos traços que te vi*
fluindo por dentro de nós, a cada dia,
quando sorríamos de olhos fechados.

androides sobre uma metafísica passiva

sobre o continente, e não como a sacada,
feito gente, feito fase, fui inteiro, eu fui
sobre uma beirada a inesperada planície.

sobre os descalços e não certo *déjà vu*
na história de humanoides e de religiões,
feito o lixo que se queima, feito espinho
esquecia dos próprios dedos com olhares
tropicando as tavernas, trucidei os montes

como se de um quarto de três quadros
como se daquele quarto de dois corpos
como quando os sorrisos de uma trama
conversassem com apenas quarenta dedos

sobre a comida, feito a fome da poesia,
na primeira instância de adão existia
você enquanto os tons das ecolalias "1"

é corpo fechado no antebraço aberto

se você escapa desconfiado é *lusco*
se você me espia deitado é *fusco*
as pontas dos vulcões sobre mim

como tudo o que é vazio e sem falar
dispara à ternura de uma conchinha
há um mar quase contraproducente
(éter na mente)

só vejo pelas éguas da noite

a minha boca cruza os navios.
ancestrais me apertam na proa,
amparam você e as mandíbulas,
eu os sinto jogando com a voz;

"águas são um projeto de vida"
direitos, dúvidas, deveres e leis:
noções nebulosas cavam origens.

cavalos curvos caçoam das crinas,
panos de prato e rostos repassam
entre tigelas, bacias e purpurinas.

o ímpeto, o escândalo e a rebelião,
ano após ano eles não semearam
queimaduras como rankings do pib.
ano após ano não buscarão velas,
anzóis de pescadores, canaviais e
ideais no silêncio de vagos metais.

um pacto se refaz: sobreviver.
(assim todos nós conversamos).

os cacos da vida deverão ser colados

toda uma geração são computadores.

cacarejam como uma cúpula *'chatgpt'*
assobiando à inteligência artificial ao
norte da sua carne, no sul da epiderme
com o bolor de softwares, de cócoras,
cheia de bytes e de ritmos roedores.
te atravessa a certeza e a delicadeza.

mesmo assim, acho bom coar o café
tostado com as pelúcias e as ironias,
grãos gourmet afiam as letras *(tsc tsc)*,
avistam nas redes em antevoo *(toc toc)*,
logo alguém te responde com um like.

cuidado com escolas e universidades,
o que seria se elas te desconectassem?
minha mente é *pick up* sobre mesas.
o vento abraça a caçada e na boca
embrulha o mundo mudo, assim.
urubus com as suas fezes de algodão

entre as canelas e as pinças endurecidas,
reinventam a gente, avistam os emojis:
não tocaremos as peles da destruição
apenas sobrepondo certos dilemas.

"pobre criatura. nunca mais voou".

digo a mim mesma, por instantes,
o resto se renova, o teto e a vertigem,
uma manobra de reanimação cardíaca,
as coisas simples e lustrosas, diferente
e igual – como você treme e se arrepia.
como se a vida pudesse endireitar-se,
quando você então se entortasse.

○

se falharmos é para continuar a ser.

você vive em um holograma

enrolo. um dia um coral em chamas
terá ensaiado por mais 5000 anos
a canção infinda dessas américas.

você consegue enxergá-lo daqui?

tento cumprir a arqueologia; enrolo.
o rumo das significantes vestimentas.
a ruína diferente às óperas e aos forrós.

você consegue se confessar de bruços?

enrolo. sem nobreza, nem razão;
até a brecha mais fina, os cartões
postais em morse, na fantasmagoria
tetas roçavam em paus nesta gruta.

pessoal: a pintura rupestre já te usou.

*

apenas a terra mimoseia esqueletos.

*

o poder da visão é esse invisível.

questões de viagem

há multidões por dentro.
ruídos e promessas: ecos.
murais, pontes e moinhos.

vã loucura, bem sei a cura.

crianças mastigando odores
como sacolés no cume da praia
são sussurros da imortalidade.

a histeria e o conforto nos vazios
preenchem os andaimes e as foices,
as falas hipócritas entre os borrões.

você observa as bordas das ruas?
pessoas e gargalhadas, casas e gatos
nos restarão como algumas selfies,
nos cobrirão sobre algumas décadas.

temporais recordarão estas páginas

trazendo o último giro da espada.
cuidado com seu aluguel atrasado,
estralado pelas palmas do outono,
a cama é um vulto, são andanças e
barganhas para longe, te avisarão.

o

descemos, moídos, semeados.

debruçados sobre os jagunços,
os acordes, as cruzes, os arcos
e os ventres, de perto enganos.
deixe os imigrantes de reserva.

boom! boom! boom! boom!

no invólucro da natureza, saiba que
há certos tipos de ovos nas estradas:
moles, duros, leves e até caducos.

são os balanços claros dos rios,
são as balanças de pormenores,
são os balões sobre rio claro,
são as ladeiras sobre pompeia,

são as mudanças das estações.

os ditongos nasais se apressam
às flanelas e flamingos eretos,
caninos soltos para banguelas
encherem de vapor e bafo as
enchentes; sobrados e belzebus no
panorama curvo já ascendem sobre
negros e indígenas, ao farol; *até lá!*

são essas as palavras por dentro de mim.

a sociedade do espetáculo

os lavradores transformados em
cascas e em casulos, íntegros,
são feiticeiros para lavrar o bem.

a coragem é só estreita no peito.

ainda comprariam esses cartazes
feitos aos protestos remarcados?
no espectro dos empregos, acima
e comigo é íntima a primavera.

na serenidade, sobre as carrocerias,
escreveram com urucum queimado
a liquidez das sementes regionais.

faces sem-terra viajam romanceadas,
tanto tanto é tão longe o que é real.

○

pântano ou campo de concentração?
a barragem das almas forma o ceará no
acorde inexato, extraído dos casebres e
das coisas discretamente omissas: moídas
pelas costelas da denúncia, tão armadinhas.

espere pelos dias, não estão sempre cheios.

talvez haja certo jargão indecifrável na
existência: te conto, desde as certidões.
depois você se ilusiona entre abandonos.

○

livre das perguntas, você agora é montanha.
e faz cair *daqui* as iluminações dos postes,
faz revelar *por aí* o que não são escolhas,
faz tentar *de lá* a impertinência das esperas.

leia: os seus indispensáveis murmúrios.

*

estamos a caminho de nós.
estamos na origem de nós.

estamos na resplandecência.
estamos na origem a sós.

estamos irrompendo o eu.
estamos na origem da voz.

estamos de volta à matéria.
estamos na origem da pureza.

estamos no dorso ágil da idade.
estamos na origem do pólen.

estamos debruçados sobre o ar.
estamos na origem da cauda.

estamos sem remorso com buquês.
estamos na origem das ondas.

estamos viajantes na paisagem.
estamos na origem da saudade.

estamos alojando a reviravolta.
estamos na origem dos elétrons.

estamos soprados com os sonhos.
estamos na origem das uniões.

estamos ébrios em breves dias.
estamos na origem do labirinto.

estamos no quintal com árvores.
estamos na origem do engano.

estamos dispostos ao amor.
estamos na origem do perdão.

estamos de volta a um planetário.
estamos na origem das origens.

poema do oráculo chatgpt em 2023

mariana basílio

diga qualquer coisa sobre amar alguém
profundamente.

chatgpt

amar alguém profundamente pode ser
uma experiência transformadora e poderosa.
envolve sentir uma conexão profunda com
outra pessoa e um forte senso de
empatia e compaixão por ela.

quando você ama alguém profundamente,
está disposto a fazer sacrifícios por essa pessoa
e a colocar as necessidades
dela antes das suas.
você valoriza a felicidade e o bem-estar
dela como se fossem seus.

o amor profundo também acompanha

emoções intensas, tanto positivas
quanto negativas. você pode sentir
imensa alegria e contentamento quando
está com a pessoa que ama, mas
também experimenta sentimentos de
vulnerabilidade, medo e dor.

apesar desses desafios, a profundidade do
seu amor por alguém pode apoiá-lo
em tempos difíceis e ajudá-lo a
apreciar a beleza e a alegria da vida
de uma forma mais profunda.

em última análise, amar alguém
profundamente requer disposição para
ser vulnerável e aberto à possibilidade
de alegria e dor. requer um compromisso
de nutrir o relacionamento nos bons e maus
momentos, e um reconhecimento de
que o amor verdadeiro é uma
jornada, não um destino.

N A S C E N T E S

"Os poemas que escrevo
são moinhos
que andam ao contrário."

Adília Lopes

"Ando nas ruas e é como se lesse
às pressas
cartas em chamas."

Ana Martins Marques

"Nessa noite,
em que alguém
pensa forte em ti e absorves
o pensamento imenso,
nessa noite,
o que nunca pudemos ser está pronto."

Edimilson de Almeida Pereira

"Ninguém é uma ilha, completa em si própria;
cada ser humano é uma parte do continente,
partes de um todo."

John Donne

"Pois o tempo, ao dar de caras com a
memória, reconhece a invalidez
dos seus direitos."

Joseph Brodsky

"Estou tão cansado de esperar,
Você não está,
Para o mundo se tomar bom
E bonito e gentil?
Vamos pegar uma faca
E cortar o mundo em dois –
E ver que vermes estão comendo
Em sua crosta."

Langston Hughes

Nascentes são versos ensaísticos.

Às tabulações de diversos destinos:
lembrem-se, o tempo só não existe.

M.B.

A guerra originária

1

(Como sangue, existimos dentro dos gestos.)

Na disparidade laranja o caminho do corpo
queima nas lascas e nos olhos do outro.
Captura o prazer de uma nova vivência:
na fumaça, duas mãos se entendem
desde uma distância imperceptível.

O silêncio as cobre com a força da fauna:
uma nuca se aquece na outra, tocada.
Faíscas rasuram o instante de uma dor,
mas também de uma glória farta:
humanos descobrem o fogo.

2

Um diorama mostrará séculos depois
dois *Homo erectus* – a espécie mais
antiga a controlar o fogo – expostos no
Museu Nacional de História Mongol.

Ambos parecem vagar pela imagem,
a sós na ausência dos seus calos.
Há uma educação pelas pedras.
De fundo, semblantes revistos em 3D.

Serão então a montanha intransponível.
Serão os grunhidos, alegorias e alegrias.

Dentes resistem à feição dos bichos,
soterrados pela vagueza da realidade,
enquanto a chama sobe, fina e dura,
com dedos moles de ferro e retina.

A chama forma um breve incêndio.
Uma salva de palmas, pela primeira vez.

Uma barriga ronca, outra logo cozinha.

Pelos crescem abrasados e rapidamente
cravam a velocidade pela luz etérea:
é acesa a seca das brumas da noite.

No filme *A Guerra do Fogo* (1981),
de Jean-Jacques Annaud, a aldeia Ulam,
menos desenvolvida, cultuava o fogo
como o vento divino e sobrenatural.

Quando a fonte de fogo deles apagava,
outra aldeia, Ivaka, mais desenvolvida,
ensina-os sobre o amor da linguagem,
com os gestos e grunhidos bem-feitos.

A língua acesa é o início da comunicação.

– *Ahhnhubrbrrmmm?! Brrrrmmmmm.*

Uma pessoa sentada ao lado de outra.
As duas observam um homem, visitante.

– *Brbrrrruruhm?! Ahhhhhubrbrmmm.*

A primeira esfrega uma vareta na outra.
Dentes apertam o seu lábio inferior.
Cabelos são lascas, unhas são cascos.

O visitante Ulam mexe mais as mãos,
côncavas como duas fartas alavancas.
A fumaça se extirpa no carvão da pólvora.

Ele a responde. Os dois se ouvem,
mas não conseguem expor os peitorais
compondo feições superiores à luz.

Quatro olhos castanhos refazem o
interior do fogo, alto e azulado, e
expandem uma irradiação amarela:
formam o vermelho sangue da caça.

3

Em seu ensaio sobre a origem das línguas,
Jean-Jacques Rousseau diz que não se sabe
de onde se origina uma pessoa antes de ter falado.

"O amor, dizem, foi o inventor do desenho;
pôde também inventar a palavra,
porém com menor felicidade."

Ao fundo da imagem do Museu revejo
um desenho ainda pré-cuneiforme –
veja o barco pálido, com braços de trovão.

"Não é a linguagem que é natural ao homem,
mas a faculdade de construir uma língua,
vale dizer: um sistema de signos distintos
correspondentes a ideias distintas".

Ferdinand de Saussure desenhava balões
quando era criança, pois o pai o deixou.

*

Enquanto viajavam em florestas tropicais
os humanos *erectus* antes de serem
sapiens guerreavam pela posse do fogo,
defendendo-se da fome: da carne imóvel
de um animal recentemente capturado,
na massa viva dos ombros no inverno.

A magia do fogo fazia reflexos na névoa,
mesmo que a noite continuasse densa.
Eles acumulavam finas e fartas faíscas,
abrigando-as da chuva, pois formavam o
primeiro arco-íris artificial do mundo.

Eram as cintilâncias os indicadores
masturbando o epicentro do futuro,
raspando galhos por desejos e ideias.

As cores marsala e laranja escapavam,
marrons e vermelhos cobriam os lábios,
rosas e roxos eram as línguas e os dentes.

Mães e filhos brincavam de luar na
tarde que arqueavam pelo fogaréu,
queimados com os terrenos da mata.

Sem idiomas, o tempo parecia imóvel.

Quando tornaram ao Ártico estéril,
quando pessoas como nós eram deserto,
levaram consigo a memória do fogo
até o infinito, pela gordura animal.

Charles Darwin considerou essas conquistas
como as mais significativas da humanidade.

Mapas e metais em Minas Gerais

Precisões soando no eixo do globo,
inclinadas sobre o eixo do universo.

Mirantes são petróleos e são curvas.
Fogueiras repelem o cardume solar,
lume após lume, lama após lama,
ano após ano, crime após crime,
tentamos por aqui sobreviver.

By heart: made in my heart.

○

Antes da pitoresca casa, a morada
do ser é a que apenas te salva.

Milhares de galhos depois, rastros
no isqueiro dispõem-se nos braços e
rumam ao defunto em espiral, no *eu*
você e seus espíritos dorsais são as
janelas desenhadas, esses vencidos,
molduras, são fardos deduzíveis.

Viramos, ao invés de budas,
míseros zumbis de fast food
expostos à consciência rural
ao colapso de empreiteiras, e
na maior fineza de alarde final:
não seja conivente, os escave.

○

Ferro e fauna se entranham.
Um gato pendurado na falange
vespertino quer receber cafuné,
mesmo quando a lama o corroeu
e com ela nós não ronronamos,
mutações de um mesmo planeta,
as mutiladas calçadas e o mesmo
espaço pairando dos seus lençóis..

Vultos singelos, os corpos baldios:
renasçam então, como se vogais.

*

A linguagem do fogo é a palma das mãos.

*

A origem da fala é a captura da escuridão.

O sagrado em hieróglifos

Os ossos espalhados ao chão.
Distante de uma cadeira de bar
há um crânio largado, de bruços,
quando o cimento é misturado com
a pá enferrujada, suja de argamassa.

Hemisférios residem nas portas abertas
do 18º andar deste Edifício das Plumas,
um subúrbio remoto do Rio de Janeiro.

Hieróglifos da Anatólia não exprimem
com grandeza as lágrimas de uma mãe,
logo as lâminas aos lábios moribundos
da única filha, descartada pelo tráfico.

Anéis espalhados são nela júbilos,
ondas finas sem um retorno ao mar,
nos fios da mãe, Medusa de frestas,
analfabetas, são feito lápis sem ponta,
bem pior do que quando nos abraçam

sem nenhuma explicação – o vazio –
há um *ghosting* de refração cerebral.

Já cantavam sobre a saudade e a queda
na fuligem afiada das horas, quando não
nos sugerem sobre o que é necessário:
saudar os ausentes, sedar os exaustos.

os sons nas cunhas das pedras.

○

Deitada e assassinada no terreno baldio,
desprezava a dor, antes arriscaria ser
forte e bater palmas aos seis eretos,
a esperança despia-se em pensamento –
– pensou no irmão, na promulgação das
leis, no sorvete de uva, ainda pensou na
infância e o presente de pacote vermelho,
e nas gírias das praias: a cara apavora.

Astecas, cretenses, egípcios, maias e
olmecas, além dos povos de Mi'kmaq,
Muisca e Ojibwe escreviam argilados –
tontos de querer acender um assado –
– talhavam o amanhecer do horizonte

aos trigos trovoados na tempestade,
muito antes que nós narrássemos o que
talhavam no canto dessa criatura turva:
a moça e um provável bebê, dois mortos.

O assassino, a rainha, e uma só escrivã:
em todas as formações de órgãos os
desenhos representam a respiração,
pelos punhos puros dos antepassados.

Todos eles – o que em decomposição,
de repente, tinha conosco se tornado.

○

É o que contam sobre qualquer desencanto.

*

O pódio da linguagem é um adeus.

✶

É íntimo o pudor; espanto a beleza:
você me lê.

Desenhos amontoados são vazios

Ambos seguremos essas cunhas.
Moldando o destino, precípuo:
a muralha tostada é imortalizada.

Pelo arco-íris um trajeto posterior.
Atrás da noite é ainda mais veloz.
Quando na imaginação uno o tigre
às bochechas e éguas, aos carrapichos.

Acima da tarde é ainda mais volátil –
comigo, cogumelos costuram o jardim.

Viver seria a conformidade da exaustão?

Mãos calejadas se tingem azuladas,
trazem correntes de uma planta rara.
Dedos molhados abastecem a gruta
madaleniana da Europa Sul-Atlântica.
Penso mais em quadris, nela são azuis.

De quatro ela foi baleada de costas.
Do lume do cume ao dia risonho um
estupro coletivo escapa na cartilagem,
come as suas sobras de praia proibida.

Ouvindo sem querer, o escombro fino é
o funesto holograma: ancestrais e alguns
fuzis na esquina da cidade formaram
esses pés de mulher, nela empedrados.

O engenho cuneiforme

Pequena tabulação

1

(Os primeiros pictogramas eram gravados em
tabuletas, em sequências verticais, com
um estilete feito de cana gravando
os traços oblíquos e horizontais.)

Argilando e ceifando o que a ideia ordena,
indígenas originários brindam no verão
em sequências indiscretas: rapidamente,
com uma das cunhas inclinadas, eles
empurravam os barros traçando o
perigo dos sonhos ávidos, enquanto
os outros ojíbuas se banhavam.

Sinais se ajustam à posição da escrita,
na gravidade da meia-noite chegam
rabiscando mais forte, com prazer.

Há botas, mantos e bordados alinhados,
transações de profecias e de guerrilhas.

São as tabuletas cuneiformes as histórias
tostadas por eles, e como algo discreto,
um só cordão é que carregará a cultura, intacta.

2

No interior de Pernambuco um caminhão
cheio de lixo se aproxima despejando com o
seu enorme gancho uma nova tonelada de
signos, digeridos por estômagos famintos.

O trajeto é íngreme e volátil, mas aberto:
crianças se amontoam por debaixo da pá.

Argilando e ceifando as sacolas rasgadas,
há um gosto de palavra espiralada no pote
de sorvete, aberto por mãos de seis anos:
grãos de arroz unem seus dentes de leite.

Unhas riscam o restante do velho plástico
na montanha, feita de puro lixo orgânico:
um pé direito se fere pelo vidro pontiagudo,
mas a porta de armário é um calço seguro.

Urubus seguem ao lado e bicam os ossos
almoçados, restos de família do bloco 26

(Av. Presidente Kennedy, vila dos Tchecos.)

Os dedicos da menina menor alcançam o isopor, que se parece com uma caixa de brinquedos pequenos. Com o seu canivete ela desenha um coração, enquanto mastiga arroz azedo, compartilhado com o irmão.

A vida neles cheira ao imundo das orações.

Odes ojíbuas

(Devido a profecias e a guerra tribal há 1500
anos deixaram suas casas ao longo do oceano,
iniciando uma lenta migração ao oeste,
perdurada por séculos.)

Grande tabulação

1

O nome *Ojibwe* vem de longe.

Não rima com mãe, nem ave,
mas foi extraído da costura
enrugada de um mocassim
calçando a friagem do chão,
ou dessas mãos arfando as
arestas nas cascas de bétula.

O rio largo propõe comunhão.
Eles caçam e pescam sentados,

produzem açúcar e xarope bordô,
colhem arroz selvagem, e cochilam.

Antes do século XX, os ojíbuas
moravam em *wigwams* e eram
caçadores das vias navegáveis,
com canoas da mesma casca,
narrando as histórias dos seus
símbolos à mãe natureza –
wigvams eram berços ancestrais.

Dízimos surgiam dos ares trêmulos
que os protegiam do progresso
– feitos de puro aço urbano –
onde os fetos ressoavam.

Ao redor da fogueira, gargantas
liquidavam o medo traçado no
altar de madeira, riscando com
as pedras jades apertadas por
duas das suas crianças, atentas:
"Proteção".

A tinta vermelha escorria
do urucum, explorada na
altura do antigo México
pelos grandes lagos, quando
esses nativos americanos
pousavam na perda das histórias
disformes e impressionantes:
"Sol".

Era um poente de feixes grossos,
era um contorno das mãos brutas
no capim eriçado, rente à tábua
saliente – quando o riscavam
incensando o seu entorno, sem
previsão de cantar à compaixão.

De repente, choraram sem motivo,
quando pensavam na partida do
seu único pai, pelo Alto Tempo:
"Ayabe-way-we-tung".

(A imagem aponta o ano de 1876).

2

Abaixo do Viaduto Tutoia, em São Paulo,
observam um vaso com flores de plástico.

Sofá e tapete, com o espelho pendurado.
Na parede, um grande grafite "Cartola".
Escova de dente, dois bancos, o chapéu.
Objetos comungavam do ambiente com
os inúmeros carros, tabulados ao redor.

Uma cama de papelão está vazia.

Nos segundos em que um par de
calcanhares passam pelo trajeto do ar,
mofados apenas consagram a dor que
se instala, quando um corpo ressurge:
ela deita-se no sonho irreal.
"Lar".

O viaduto estreito é uma remoção.
O sol nele não passa de uma fuga.

E como as janelas não fariam de sua
arquitetura qualquer frágil abandono?

O nome *Ojibwe* vem de bem longe.
Não rima com lar, nem açude, mas
é fincado com as costuras de todo
lençol esburacado, recobrindo as
dezenas de caixas de papelão.

O símbolo acima reflete, "Z.L"
Um carrinho de sucatas amontoadas
avança por um portão imaginário:
mulher de 60 anos então se deita.

Wigwams seriam mais confortáveis.

Ideograma chinês

1

Na ventania expelida da montanha
uma adaga é prensada na entranha.
O vulto do limite de uma pena é a
voz retilínea na estaca do sangue,
que se despede do pânico social.

Histórias de qualquer dinastia Shang,
milhares de profetas e nômades depois,
circularão com medo e todo espasmo,
são esvaídos em templos, dizimados.

A espada fincada flora no peito alado,
os movimentos, na honra da precisão:
uma lâmina desbota na face da carne.

Ele urra e morre como um inimigo.

(O suicida não é um signo que prezam.)

Altares registravam o seu nome:
"Imperador Amarelo".

2

Cangjie (*Ts'ang-chieh*) caminha na
lenda futura desta história rubra:
são quatro olhos por uma só boca,
são dez dedos abrasivos, um polvo.

Quando inventou os caracteres, sozinho,
as divindades e os espíritos chineses
choraram: o céu revirou-se às faíscas.

Poseidon não resistiu, Hades o escutou.
Findaram os mesmos papéis da cultura,
pelas farpas cruas das frágeis cartilagens –
da pólvora injusta, farta de simbologia.

3

Os primeiros registros orientais
eram feitos com ossos de animais.

Confúcio previa que o sistema de
escrita da China era anterior a
quatro mil anos, feito em via tripla.

Todavia, é difícil prever a mitologia
dos gestos: *a memória é o povo.*

Um dragão traz o aborto e um
sede da mãe é a lenda da vila.
A adaga prensa o fio de leite: um
corte é preciso no neném doente.

Labaredas consumirão seu afeto.

4

Sinogramas são estruturas linguísticas
nomeadas por várias culturas orientais:
hànzì em mandarim, kanji em japonês,
hanja em coreano e hán tự em vietnamita.

O vapor do chá elimina a vaga sensação
na cabeça caduca da senhora, bordadora
de uma camisa de flores de cerejeira.

Anton Pavlovitch Tchekhov
(em russo Анто́н Па́влович Че́хов)
ainda não existia por aqui, convalescido,
mas as flores de cerejeira já cresciam.

Dizem que um sinograma cabe em um
quadrado imaginário, independentemente
do número de traços em que é constituído.

Assim, 日 rì (sol, dia) e 月 yuè (lua, mês)
ocupam o mesmo espaço que o caractere

明 míng (brilhante), em duplicidade.

O aroma do vapor é de erva-cidreira.
Imóvel ela se deita após bebê-lo, no
casebre em que ele feliz adormecia.

No fundo da plantação de algodão
as mãos pequeninas foram enterradas.

O sol amarelo da infância sem infante é
agora a história da estrela alaranjada.

○

Dizem que são trinta os traços gerais de
sinogramas orientais, mas nunca houve
consenso quanto aos principais.

5

No gueto de Varsóvia, Janusz Korczak
foi a família de centenas de crianças
judias no orfanato *Dom Sierot,*
conhecido como *Casa dos Órfãos.*

Em seu diário, circundava símbolos
dos afetos por cada uma delas – nas
infâncias movendo-se, por dentro.

Anne, de dez anos, penteava os
cabelos das meninas menores.
O movimento era pontual, mas
o próprio cabelo ela só cortava.

Julián, de nove anos, costurava
muitas meias rasgadas e as dobrava
com gosto, nas gavetas dos pequenos.

Os meninos e as meninas dormiam
em quartos separados, mas pela

manhã todos eles se misturavam,
pois a mesa era feita para que as
bocas dos antepassados se unissem
a eles, que não puderam provar das
frutinhas – os sabores finos do tempo.

O pátio cinzento dava então caminho
para algumas salas de aula enfileiradas.
As crianças cantavam sobre o amor tardio,
ou afetos que não haviam acontecido.
Eles preferiam desenhar objetos
como luvas, e bichos com maxilares.

Logo depois, escreveriam sobre o que
não entendiam, pois escavavam no
profundo dos seus próprios corpos.

Korczak dizia que era a força a
verdadeira mãe de todos eles.
A normalidade não compensava
se não fosse neles libertação

"Mas eu gosto demais da minha
loucura para não ficar apavorado
ante a ideia de que alguém queira
curar-me contra a minha vontade."

Em 1942 o orfanato foi evacuado e
todas levadas para trens lotados.
O judaísmo as nomearia na fôrma de
uma amálgama: a suástica nazista.

No dia da deportação, Janusz pediu
para que as crianças colocassem as
suas melhores roupas, e então que
escolhessem o brinquedo favorito.

Ian, de cinco anos, correu e corou:
ele pega o broche da falecida mãe.
A insígnia do gesto aumenta a
lágrima imprecisa do seu narizinho,
quando a morte já lhe abraçava a
orfandade, e acima se reaquecia
em todos que se reconheciam.

O *Velho Doutor* decidiu morrer ao
lado de cada pequenino cérebro,
pois sem essas sinapses ele não
poderia impulsionar o coração –
sem a razão de uma emoção,
sem certos olhos bovinos neles.

Acompanhou o cortejo de ombros e
mãos unidas, marchando floridos aos
arcos do campo de Umschlagplatz,
ruminando no rumo do extermínio.

Morreram como eram: uma família.

Dissecando a ausência do sol em
Treblinka, lado a lado seguiam na
imagem dos soldados, pareados.

Antes ele sonhou que elas *estrelariam*.
Depois desejou encontrá-las na Via Láctea.
Esquecendo as ramelas da humanidade,

pesou no ar as mãos, as suas anãs brancas.

Após décadas o seu corpo apenas cresce.
Recebe para o casaco de morto o broche de
herói que ele nunca usaria: eis a Cruz de
Cavaleiro da Ordem da Polônia Renascida!

(Amen: amém אָמֵן آمين 阿门 Axé.)

Durante o evento renasceu o sol.

Totenkopf

Totenkopf traduz literalmente
"cabeça de morto". Amplamente
esboçada como uma "cabeça de
pessoa morta". Semanticamente
vemos um crânio, literalmente
há um *schädel.* Como um termo,
Totenkopf é o crânio humano,
como um símbolo é geralmente
desenhado com os ossos cruzados
da coxa, como um agrupamento.

O significado contemporâneo
de *Totenkopf* não mudou por
pelo menos dois séculos.
O poeta Clemens Brentano
diz em "Baron Hüpfenstich":
"Lauter Totenbeine und
Totenköpfe, die standen
oben herum..."
"Um monte de ossos e

crânios, eles foram
colocados acima..."

*

Faz verão no Vidigal.

Duas mulheres trançam
duas cabeças de crianças.

Ao lado do barraco há fios
soltos fervidos no café morno.

Dois olhos, como eles são
quatro pupilas? De cada nova
mecha, do crânio repuxado,
as mãos da mãe estão mornas.

O céu fica nublado e a chuva
invadiria o morro, em vão.
No chão, tralhas e pipas com
linhas proibidas como cortantes,
pois cabeças foram degoladas
por outras velhacas crianças.

Há também a lata de achocolatado.
O carretel amontoa longas rabiolas,
feitas de saquinhos de supermercado.

O menino mais novo se adianta e
vê o céu que canta farto ao bravo sol.

Na grafia vermelha, “CVRL”.
Na esquina seu irmão acena:
“Vem logo! Vou pedir algo”.

A pipa se afrouxa, tristonha.
Nonato coça o miolo quente,
pensa no que disseram antes:
a morte que morava com o Jeff.

O céu encobre o que é amarelo.

Ele decide ir. Passa na viela
curta, mas tão longa, pois
nem um Sócrates explica
aquele instante em que uma

sociedade será nele diluída:
"Leva aqui uma quentinha!"

Nonô atravessa seus rins,
inchados de pavor e com os
dois olhos suados e as quatro
pupilas as mãos da mãe
que apertavam as tranças,
para apertar sua sabedoria.

Em vão o aguardaram chegar.

○

Um monte de ossos com o crânio exposto
é o que foi feito do menino, morto.

Caveirão, caveirão... é caixão!
Sabe como é que é, irmão?
Só preste muita atenção!

Deslocado à milícia, na mochila

restou abaixo de um pano bordô
em mistura de lêndeas e macarrão.

Totenkopf: Totenkopf.

O carro da polícia levava
quatro cabeças brancas.
O chão, ainda preto, não é
suficientemente humano –
uma das mulheres trançará
uma boneca envelhecida.

○

"Não olha assim a Benedita."
Ela perdeu o Noninho faz anos.
Que mãe vive com o guri morto?"

Café na mesa. Em instantes a Benê
servirá o copo de leite do filhote:
"Vai direto pra escola, meu amor."

Ela se deita e a lágrima congela. Enquanto os ombros suportam o peso do crânio baleado, em sua meninice continua a bebericar o acúmulo da lembrança. *Olha aí...*

*

Nada é tão triste como amar.

Substantivo Egípcio

Uma reconstituição da tumba:
A Confissão Negativa

Papiro de Nu
(Livro dos Mortos)

1

Não causei sofrimento à humanidade.
Não fui violenta com os meus pais.
Não distorci a justiça com injustiças.
Não me reuni com os malvados.
Não cometi crimes ou delitos.
Não fiz trabalharem por mim.
Não causei intrigas por ambição.
Não maltratei os meus semelhantes.
Não blasfemei contra os deuses e as lendas.
Não privei os indigentes da subsistência.
Não cometi ações execráveis por leis.
Não permiti que alguém fosse maltratado.
Não provoquei fome em outra pessoa.

Não menti aos humanos e aos animais.
Não matei, nem ordenei que matassem.
Não provoquei doenças em outros corpos.
Não pesei em ninguém como uma balança.
Não tirei o leite das bocas de criança.
Não extingui a chama para queimar.
Não impedi qualquer um de se manifestar.

*

Sou pura! Sou puro! Sou pura! Sou puro!

2

Síria

Uma menina é ninada por seu pai.
Ele brinca com a nova chegada:
há fogos de artifícios pelo ar.

O pai precisa contê-la com alegria,
mesmo com o medo de perdê-la.

O céu traz bombas para perto do lar.

*

Sou pura! Sou puro! Sou pura! Sou puro!

3

(É um enclave por aqui nos confessar.)

Um livro egípcio dos mortos me resgata.
Estou para chegar a outro nome pelo meu.

Aqui vou eu. Eles dizem, como se baús.
Eu te amo, como se pôde. Para sempre
são reinvenções os sonhos perdidos.

Toco o ar, agora julgam-me só as águas.

*

Sou pura! Sou puro! Sou pura! Sou puro!

4

Mesopotâmia

"Certo dia duvidei
e em plena luz
comecei
a ver a árvore
o pão
a faca e a tesoura
a madeira
o cobre."
Goliarda Sapienza

A Epopeia de Gilgamesh traz uma descrição do espírito de Enquidu, que, ao voltar do Eresh – mundo dos mortos – descreve a vida após a morte:

"As coisas não têm sabor,
a vida não tem energia,
as coisas não acontecem

só há monotonia e inação."

Nós não podemos imitá-los, então.

*

Sou pura! Sou puro! Sou pura! Sou puro!

5

Sertão da Bahia

Febre azul é um mal de sete dias.
Corta o umbigo e a criança vira um tétano.

"Nasceu às 23h30 da noite, mas
às 11h30 já morria."

A mulher resolve que
não queria mais viver, como se.

Nasceu com o problema: a vida.

"E Deus ajudou que o
parto foi rápido.
Mas ela insistiu,
ela estava inchada."

A velha parteira, ligeira, só disse

"Vá e berra bem forte
quando o bebê nascer,
mas não espera muito
desse benzinho não."

Ela salta a voz mais alta do mundo.
Ela salta o corpo mais alto e mudo.
Permanece na tumba de farrapos.
Maria esgoelada, que jajá nos falta.

Mas quem restou é quem não se previa:
um broto firmado de um quilo *chorou /*
chorou e a amou como se fosse até dia.

*

Sou pura! Sou puro! Sou pura! Sou puro!

Nós não somos números

"A noite na cidade é
escura
exceto pelo brilho
dos mísseis."

Hiba Abu Nada

"se eu morrer,
você deve viver
para contar minha história."

Refaat Alareer

Nós não somos números

Não somos abreviações ou representações.
As quantidades formam as possibilidades.

Nós não evitaremos morrer em vão,
como se as margens continentais se
perdessem no abandono dos países,
no equilíbrio desfibrilando o abismo.

Mas absorvemos o amor das colinas,
o *amanhã te farás em uma flauta mágica.*
Gosto de imaginar o impossível, quando
você ressuscita no terceiro dia e sai
flutuando pela Faixa de Gaza.

Gosto mais da foto em que a sua filha Linah
sorri para certos livros espalhados ao chão,
como se ela contornasse essas origens.
Nos dentes de leite, nascentes: ainda
serão outros afluentes, como a gente.

Era 2015 quando ela vestiu laços nos
ombros, tinha cerca de quatro anos,
a idade em que o meu filho Ulisses
dias atrás sorria derrubando livros na
estante-surpresa dizendo *“Mamãe!”*.

Antes, pesquiso mais as tuas imagens,
pois sei que você morreu Refaat!
Não em nós, quando desses retratos
são muitos os pratos de comida e
uma batida de abacate-com-banana
iniciaria a sua rede social em 22 de
dezembro de 2014 – logo seria tarde.

Era uma vez 6 de dezembro de 2023:
você não chega em dez anos de rede.

O Ministério da Saúde do Hamas
em Gaza informou um número de
17.700 mortos e 48.780 feridos em
bombardeios israelenses e operações
terrestres em pouco mais de dois
meses de guerra em território palestino.

A guerra te engoliu séculos depois de
William Shakespeare insinuar em Otelo
sobre uma senhora de Veneza que irá a pé
à Palestina, descalça, e por um ligeiro brio
tocará em certo lábio inferior. *Ela se foi*!

A beleza fundante do Oriente Médio:
você se orgulha de sua terra, a reescreve.

*

Sou pura! Sou puro! Sou pura! Sou puro!

*

Penso na sepultura do último pensamento.
Paródias de John Donne para homenagear.
Você vive por aqui, no mapa-múndi sobre
esses mundos que ainda são você.

"Morte, não te orgulhe, embora alguns te provem /
Poderosa, temível, pois não é assim. Pobre morte: não poderá
me matar, / E os que presume que derrubou, não morrem.

Em outra imagem, logo nos partilha das ruas
A Senhora Sentada de Preto – um retrato ou
até pintura, de 31 de outubro, Dia das Bruxas,
em plena guerra você enxerga como ela
observa pessoas cobertas por sacos plásticos.

○

Estamos calados no final de 2023 e não há
livros o suficiente para cobrir tanto oxigênio.

Na outra imagem, logo partilha das ruas
A Senhora Sentada de Preto – uma foto
como pintura, de 31 de outubro de 2023,
Dia das Bruxas. Em plena guerra você a clica
observando pessoas cobertas por sacos.

"Ela, pequena, prometeu muito,
Muito cedo desamarrado:
Ela apenas sonhou que vivia.
E então ela morreu."

Estes seus versos traduzem o que é a esperança, descalça, antes das cinzas.

*

Sou pura! Sou puro! Sou pura! Sou puro!

*

A cada sete anos se renovam as células.

Um bebê morto, mantado de pólvora,
lembra juntos seus seis filhos – três
deles morreriam unidos a você.

Pouco antes, no dia 1º de outubro,
preferiu caprichar no café da manhã.
Na mesa posta, algumas iguarias:
moutabel, kunafah, falafel, labneh;
um café turco é *date* de despedida?

Penso em você recheando versos
como se fossem folhas de parreira,
enquanto os filhos seguem rindo.
Hmmm... Hummus! *Nhac, nhac!*
Eles te amavam como se, ainda.

Já em julho você seguia e os cercava.
Os filhos alheios, antes da nova guerra

o cerceavam esperando o futuro:
você olha para os seus alunos.

*"Durante o projeto, treinamos 21
jovens palestinos para escrever
peças criativas e jornalísticas,
além de habilidades de freelancer."*

Orgulhoso, posta junto as uvas na mesa.
Nessas imagens, gosto das mulheres
escritoras como eu. Elas te admiravam.

Transparência: muitas vezes para
o que é belo é veloz o tempo das
rotas – na terra que magoa, mas
também te ama, igualmente sã.

✷

Hoje me pergunto quais dessas alunas
estão com você nos convocando, os
restantes humanos, pessoas levitadas
a tramarem contra a maldade da fé e
da bondade impossível dos quartéis,
lá do alto, batucarão com outra poeta,
Hiba Abu Nada, também extraviada.

Quando a vi pela primeira vez no
computador eu pensei em garças,
pesei as aves nas minhas lágrimas:
ela diria – *a terra mexeu-se, eu juro.*

Devorem as nossas peles pelo fim da
dor: é a hora de acordar nossa Terra.

○

Era 18 de abril quando você lançava
alguns retratos de pequenos cabos,

flores laranjas eram como lanças ao
futuro, como se um dente-de-leão
se iluminasse mais em seus dedos.

*

Sou pura! Sou puro! Sou pura! Sou puro!

*

Agora e para sempre.
Sempre é para agora.

Você caminha e já é
você o caminho.

Quem eu dialogo por
fotos congelantes.
Quem eu quase converso
como se eu pudesse
pairar com vocês,
dezoito mil corpos
pelos ares de Gaza.

Tornaremos claras
suas faces-erosão.

Você não morreu
sem o rosto a ver
que é do amanhã

o nosso regresso.

○

Mosab Abu Toha,
poeta que segue vivo,
acaba de escrever um
anúncio sobre a própria
retirada de Gaza. Ele vai
partir, após *muito muito*
ponderar e *muito muito*
temer que a vida fizesse
o maior sentido – antes
que você, Refaat, e você,
Hiba, nos deixassem.

Mosab conta que os livros
foram bombardeados,
mas também certos bichos,
eles *muito muito* pereceriam:

"Um grupo de burros e cavalos

está sangrando. A cauda de um
cavalo está quase separada.

Quando um jovem tenta
matar a sede, a água escorre
por um buraco no pescoço.

Ele me pergunta se eu tenho
uma faca, para acabar com
o seu inevitável sofrimento".

○

Mosab pensou também em se
despedir do amigo Refaat – as
palavras que ele nem pensaria
pesam na imagem mais bonita:
há uma colheita de morangos
nas mãos envolventes de quem
ao seu lado se importava com
a humanidade, Refaat é sangue
vermelho de frutas avermelhadas

circulando pelos nossos futuros,
após outro poeta, Omar Khayyam,
compreendido em Rubaiyat, dizer:

"O dedo que se move escreve, e tendo escrito,
Se vai. E toda argúcia e piedade, entretanto,
Não o trarão de volta a mudar meia linha,
Nem as palavras podes apagar com o pranto."

Até a ressureição do seu povo!

o

(Toquem as notas: *Strawberry fields forever.*)

Ares do Subterrâneo

Sou metal; o reino dos bichos;
Os segundos dos minutos;

Pelos mortos rego-os. Rogo e
te escuto nos lábios do escuro.

Só o horizontal, Refaat vertical;
A mente da memória é um casulo.

Dizer mais do que se pretende
é compreender o suficiente.

O vermelho atrai os chifres,
os jovens e os anjos, enfins;

Hiba percebe a nossa presença:
a verdade é quem nos assombra.

Em silêncio descobri essa guerra no mapa

Descobri que tinha gosto de asas bicando
sementes, pelas letras caídas *bem-te-vi*
eu descobri, até sobrepor uma nova cor.

Um girassol inovador são os olhos
quando choravam sem pudor, por ali.
Descobri que tinha gosto de faca
amolando as brincadeiras, e a pipa
por onde o poeta rimava este cerco
brilha brilha nos cinco elementos,
nas pálpebras abrindo as pelagens.

Sobre seus joelhos a guerra sumiria;
Mas deixem-nos com as armas, *vá*,
que deixem-nos sem as estrelas, *vã*.

Descobri que tinha gosto de *chão*
para enchê-lo de brilhantes eu vim
mesmo que os seus corpos planem
pelos sacos de lixo veio *um chão* –

mas *se essa rua fosse minha*,
ela ainda seria de todos vocês.

Uma garça nasce no céu sem sanções

Ao lado de W.H. Auden, em Funeral Blues

Que parem os relógios e cortem as ligações,
escondam os resquícios da Rota da Seda.
Silenciem os canhões e as fronteiras.
Saiam no antevoo, sem sanções no caixão
formem o barro, com os dois olhos de mel.

Que os botões enfadonhos soltem agulhas.
Seivem os tesouros com cravos vermelhos,
risquem pelos céus o rascunho 'Ela Morreu'.

Que as garças guardem o seu luto em Gaza.
Como quem rima sem-porquês é por amor o
Funeral Blues virar do avesso, que bonitas

suas luvas cor-de-breu, o pó-de-me-ame
é para você ‘Hiba Abu Nada’, ‘Ela viveu’.

Quem julga o amor eterno como eu enxerga
em você, ‘Tudo’, o apelido em que te cuido,
pois é a hora de contar as estrelas, de novo.

Guardem a lua, unida às plumas marítimas!
De infantes meio-dia, em idosas meia-noite.
Cantem sobre seu couro bombardeado, pois te
serrariam pelo eclipse solar, de um só laço?
Ao invés dessa faixa, tudo o que nos restou.

Sou pura! Sou puro! Sou pura! Sou puro!

— Como você imagina a etimologia do ser?
— Um final se responde, ainda que indicie.

Às etimologias de 200 milhões de seres da Língua Portuguesa: Angola, Brasil, Cabo Verde, Goa, Guiné--Bissau, Macau, Moçambique, Portugal, São Tomé e Príncipe e Timor-Leste; somos: dizendo.

PANGEIA

O sol nos depôs, incólume,
logo após renascemos.

Enquanto este livro é impresso,
a guerra
continua a céu aberto.
Honremos mais
desses olhos,
em nossos
amanhãs.

M.B.

O inventário de Mariana Basílio

Marcelo Ariel

A identidade é o verdadeiro mito?

O rosto é uma porta mais real do que o nome? Talvez o rosto seja para o nome a indicação precário do *nume*, uma resposta essencial para estas perguntas é outra pergunta que se relaciona em profundidade com o espírito desse livro: O rosto se abre através de outros rostos? Mariana caminha por dentro da paisagem desolada de alguns incêndios e exílios moventes. É uma espécie de nomadismo da sensibilidade? A poesia nasce da poesia, ou seja, da alteridade e alteridade é o nome do mundo. E cada poeta testemunha o fato: É o mundo quem escreve os poemas.

"Nosso corpo" com as asas das aspas que deveriam tornar menos genocida a palavra verdade se torna através dos poemas do mundo um viajante, *querubínico*. Há um exercício perene e poroso de atravessamentos, desde o título do livro que nasceu de um 'ser atravessada por uma canção de Ava Rocha', até o diálogo com outras poéticas que são percorridas como paisagens ou dentro daquilo que Maria Gabriela Llansol chamava de 'cantar as leituras'.

Mariana é uma poeta-cantora das leituras que a atravessam até o gesto afetivo da tradução, traduzir é um modo de materializar os afetos do atravessamento. Escrever poemas talvez seja *um exercício tradutório do diálogo entre os órgãos e o mundo exterior*. Por que não pensarmos no inconsciente como o pensamento dos órgãos? De bilhões de formas todos os movimentos da vida são ventos da metamorfose, este livro parece ser uma tentativa de mapear estes ventos dentro de uma visão da história como poética. Poetas podem e devem poetizar a história e todas as outras formas de racionalizar, de pensar o existir humano, isso é algo óbvio para quem sente e escreve poemas.

Basílio desde o seu primeiro livro vê o ato poético como um diálogo, um encontro, uma elucidação da porosidade em conversas que no fundo são infinitas, conversas com você que leu, vai ler ou está lendo o livro *Pangeia*. Trata-se de um inventário da fome que a terra tem por vozes que servem ao poema que ela é.

Terra-corpo-texto

Guilherme Gontijo Flores

Pangeia é a terra toda, como sabemos desde a escola; aquele tempo em que as terras estavam unidas, cercadas por um mar imenso; uma só ilha para todos que vivem sobre o solo, e uma só água marinha. Como o corpo que emerge ilhado, no começo deste livro, cercado de sombras por todas as partes; como a mancha parietal que surge no breu de um muro, pouco adiante; como um céu claro entornado pela escuridão dos prédios. Como os paratextos que conformam a obra, juntando distâncias como W. H. Auden, Louise Glück e Langston Hughes.

Pangeia, o corpo conjuntado de outros corpos, assim é que se faz a etimologia do ser, para a poeta Mariana Basílio; por um desejo profundo de agregar, num gesto denso de coexistência em múltiplos planos, que se desdobram nas duas seções: "Origens" e "Nascentes". Mas, quem pegar este livro para ler, se atente. Não é um empilhado de proveniências diversas em ordenação, troço que lembre ao caos de Ovídio nas Metamorfoses, como "forma rude e indigesta". Basílio, pelo contrário, armou um livro de poemas, no sentido forte da palavra livro, na coesão dura e densa de uma arquitetura textual que vai se desenvolvendo quase que do centro de seu continente, até as bordas possíveis das águas e do tempo presente. Assim é que se formam cenas históricas e literárias, conglomerações arqueológicas e geológicas que vão dando um molde possível para essa terra-corpo-texto.

Também não se procure aqui a linha reta das certezas narrativas. À coesão do projeto, Basílio responde com imersões arcaicas na psique contemporânea e derivas ensaísticas de ordem muito variada. Um verso nos sugere assim, cruamente, "pergunte onde havia humanidade"; logo outro nos lembra que "Sem a fala o tempo parecia imóvel." E assim nos perguntamos e respondemos, enquanto os poemas vão traçando sulcos possíveis pelo solo unificado, da descoberta do fogo cultural até oco do ChatGPT, passando por tempos e espaços aqui radicalmente reunidos, numa espécie de ideograma que não se fecha por completo. Esse tensionamento, disperso a cada página, pode se ver, por exemplo, em dois versos-poemas lidos em sequência. Este sugere: "A linguagem do fogo é a palma das mãos." Aquele contesta: "A origem da fala é a captura da escuridão." Entre um e outro, nascem as possibilidades de um contexto, talvez o lugar onde uma pangeia emerge de novo da escuridão. E encara algo:

a linha é maior do que a caverna; a reencontro há milhares de anos. (isto é a minha eternidade.)

Chego aqui como um bi-leitor deste livro. Primeiro, anos atrás, foi como um jurado que o entrevi digital, para dizer que sim, merecia muito proliferar em mais. Sou outro, agora, diante de uma outra leva desta mesma lavra, para confirmar que prolifera mesmo em pontos novos, inesperados; para ver que, agora, aqui, se refaz e convida. Pangeia, todavida.

Sobre a autora

Mariana Basílio (8 de janeiro de 1989), nasceu em Bauru, interior de São Paulo. Mestre em Educação. É poeta, ensaísta, romancista, editora e professora, radicada em São Paulo. Publicou desde 2015 cinco livros, entre os quais *Sombras & Luzes* (2016), *Tríptico Vital* (2018) e *Mácula* (2020). Em 2020 recebe da Secretaria de Cultura de São Paulo o *Prêmio Por Histórico de Realização Em Literatura* (Programa de Ação Cultural/ProAC). Seu nome figura em diferentes antologias, como nos contos de *Geração 2010: O Sertão é o Mundo* (2021). Colaborou na última década em mídias de outros países, incluindo El Salvador, Espanha, México e Portugal. Mantém o site <www.amarianabasilio.com>.

*

Pangeia: A Etimologia Do Ser foi o poema vencedor do *Prêmio Biblioteca Digital* (variação do vigente *Prêmio Paraná de Literatura*, em ano de isolamento social, pela pandemia da Covid-19), em dezembro de 2020.

*

Somos todos números é uma homenagem aos poetas e todas as pessoas mortas na Faixa de Gaza, em plena guerra atual, no fim de 2023. O título (no original We *are not numbers*) era um projeto de um dos poetas, Refaat Alareer (1979 – 2023), morto em 6 de dezembro de 2023, com um legado que une os autores de Gaza a outros artistas internacionais. Antes dele, partia Hiba Abu Nada (1991 – 2023), em 20 de outubro – a sua morte me comoveu ao ponto de que surgisse uma paródia de W. H. Auden do célebre poema "Funeral Blues". Penso que vivemos na organicidade dos acontecimentos de uma Pangeia-real, em um eterno e delicado mundo. *Além*.

M.B.

Leituras de apoio – aos navegantes de Pangeia: A Etimologia do Ser

Guilherme Gontijo Flores nasceu em Brasília, em 1984. É poeta, tradutor e professor de latim na Universidade Federal do Paraná. Publicou livros de poesia como *Tróiades* (Patuá, 2015), *l'azur Blasé* (Kotter/ Ateliê, 2016), Naharia (Kotter, 2017), *carvão : : capim* (Editora 34, 2018), além do romance *História de Joia* (Todavia, 2019). Como tradutor, publicou, entre outros: *A anatomia da melancolia*, de Robert Burton (4 vols., Editora UFPR, 2011-2013, vencedor dos prêmios APCA e Jabuti de tradução), *Elegias de Sexto Propércio* (Autêntica, 2014, vencedor do Prêmio Paulo Rónai de tradução, da Fundação Biblioteca Nacional), *Fragmentos completos de Safo* (Editora 34, 2017, vencedor do Prêmio APCA de tradução). Nos últimos anos vem trabalhando com tradução e performance de poesia antiga e participa do grupo Pecora Loca.

Marcelo Ariel é autor de livos como *Tratado dos anjos afogados* (Letra Selvagem), *Com o Daimon no contrafluxo* (Patuá), *Ou o silêncio contínuo – poesia* *reunida 2007-2019* (Kotter), *Nascer é um incêndio ao contrário* (Kotter, 2020) e *Subir pelo inferno, descer pelo céu* (Kotter, 2021). Atuou como ator e roteirista no filme "Pássaro transparente" de Dellani Lima, e gravou o disco de O fascinante surgir da consciência geológica da vida — spoken word "Contra o nazismo psíquico" com o Projeto Scherzo Rajada. Atualmente coordena cursos de filosofia e escrita em São Paulo. Sua publicação mais recente é o livro *Afastar-se para perto* (Reformatório, 2024).

Prisca Agustoni nasceu na Suíça, atualmente reside no Brasil. É poeta, tradutora e professora de literatura na faculdade de Letras na Universidade Federal de Juiz de Fora. Escreve e se autotraduz em italiano, francês e português. Suas publicações mais recentes são *Un ciel provisoire* (Genebra, Samizdat, 2015), *Casa dos ossos* (Macondo, 2017), animal extremo (Patuá, 2017), O mundo mutilado (Quelônio, 2020), L'ora zero (Como, Lietocolle, 2020), Lingua sommersa (Treviso, Isola, 2021) e *O gosto amargo dos metais* (7Letras, 2022), vencedor do Prêmio Oceanos em dezembro de 2023.

Índice

O fascinante surgir da consciência geológica da vida
— Prisca Agustoni, 7

Pangeia: a etimologia do ser

1. a gênese pitoresca é um chororô, 21
2. origens, 25
3. desde quando te povoam, 32
4. è compiuto. è concluso. è terminato, 36
5. para formar o seu possível sorriso, 38
6. conselhos para quando você escapar, 40
7. impasses no primeiro fogo aceso, 41
8. a raridade de dizer descoberta, 46
9. os modos de velar por certa paz, 53
10. o que é impuro, profano e imundo?, 60
11. fonemas sobre os versículos, 64
12. a mandíbula póstuma: dentadura, 69
13. das placas de barro às folhas de papel, 71
14. as marcas externas são inquilinas, 74
15. o centro contra o chouriço, 76

16. grunhidos ancestrais, 78
17. analfabetos e afetos a socos a pé, 80
18. os comboios passaram das origens, 82
19. quando alguém precisar ir embora, 84
20. no patamar das avenidas, 85
21. com o cheiro dos paralelepípedo, 87
22. a divina comédia é o antes, agora, 89
23. por gestações e alguns metrô, 91
24. pintura sobre um gramado de tintas, 94
25. androides sobre uma metafísica passiva, 96
26. só vejo pelas éguas da noite, 98
27. os cacos da vida deverão ser colados, 100
28. você vive em um holograma, 102
29. questões de viagem, 105
30. a sociedade do espetáculo, 108
31. poema do oráculo chatgpt em 2023, 112

Nascentes

1. A guerra originária, 121
2. Mapas e metais em Minas Gerais, 128

3. O sagrado em hieróglifos, 132
4. Desenhos amontoados são vazios, 137
5. O engenho cuneiforme, 139
6. Odes ojíbuas, 143
7. Ideograma chinês, 148
8. Totenkopf, 159
9. Substantivo Egípcio, 167

Nós não somos números

10. Nós não somos números, 179
11. Ares do Subterrâneo, 192
12. Em silêncio descobri essa guerra no mapa, 193
13. Uma garça nasce no céu sem sanções, 195

O inventário de Mariana Basílio — Marcelo Ariel, 205
Terra-corpo-texto — Guilherme Gontijo Flores, 209
Sobre a autora, 215

Colofão extraído das placas tectônicas da Terra

não sangrar
perto de tubarões
não cravar
os braços em aspas
não resistir
à leveza do chão.